Monsieur Delisle

INSTITUT DE FRANCE.

LES ANCIENS STATUTS DE LA VILLE DE ROME

PAR

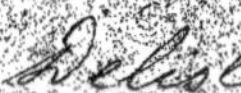

M. DE ROZIÈRE

Lu dans la séance publique annuelle de l'Académie des Inscriptions et Belles-Lettres
le vendredi 6 décembre 1878.

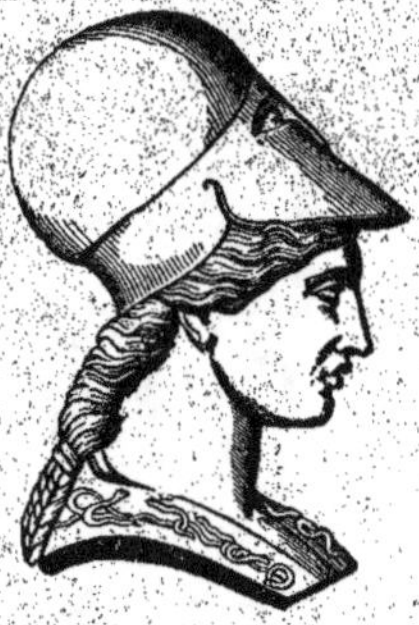

PARIS
TYPOGRAPHIE DE FIRMIN-DIDOT ET Cie
IMPRIMEURS DE L'INSTITUT DE FRANCE, RUE JACOB, 56

M DCCC LXXVIII

18

LES
ANCIENS STATUTS

DE LA

VILLE DE ROME

PAR

M. DE ROZIÈRE

Lu dans la séance publique annuelle de l'Académie des Inscriptions et Belles-Lettres
le vendredi 6 décembre 1878.

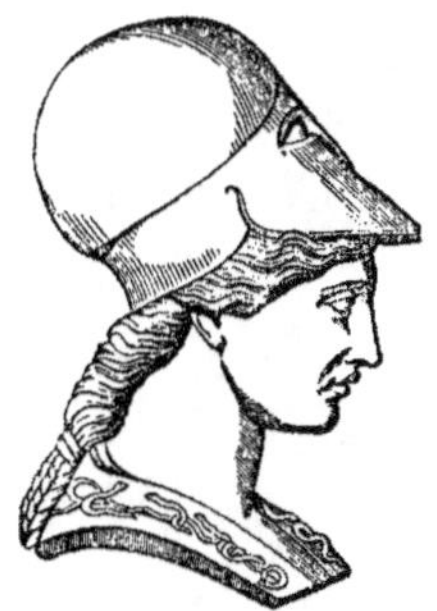

PARIS

TYPOGRAPHIE DE FIRMIN-DIDOT ET Cⁱᵉ

IMPRIMEURS DE L'INSTITUT DE FRANCE, RUE JACOB, 56

M DCCC LXXVIII

INSTITUT DE FRANCE.

LES
ANCIENS STATUTS

DE LA

VILLE DE ROME

PAR

M. DE ROZIÈRE

Lu dans la séance publique annuelle de l'Académie des Inscriptions et Belles-Lettres
le vendredi 6 décembre 1878.

MESSIEURS,

Nous ne possédions jusqu'ici que des notions incomplètes et confuses sur les anciens statuts de la ville de Rome. Baronius et Raynaldi dans leurs annales ecclésiastiques, Vendettini et Vitale dans leurs notices sur les sénateurs, Renazzi dans son histoire de l'Université romaine, Gaetano Marini lui-même, qui a fait un si large et si fréquent usage des anciennes archives de l'État pontifical, n'en parlent que d'une manière accidentelle, et ne fournissent aucun détail précis sur leur origine, leurs réformations successives, leurs copies manuscrites ou leurs

1

éditions. Quant aux commentateurs, tels que Galganetti, Fenzonio, Costantini, qui écrivaient dans un but exclusif d'utilité pratique, on chercherait en vain dans leurs ouvrages un seul mot relatif au développement historique de la législation qu'ils s'étaient chargés d'interpréter. La Rome de l'antiquité et la Rome des papes avaient seules jusqu'à nos jours attiré l'attention, et tout ce qui tient à la Rome municipale du moyen âge était demeuré dans l'ombre. Cette lacune vient, il est vrai, d'être comblée par un savant allemand, qu'un séjour prolongé dans la ville éternelle a pour ainsi dire naturalisé romain ; mais son œuvre, si complète qu'elle soit, offre cependant quelques imperfections, et la plus grave comme la plus regrettable est précisément celle qui touche à l'histoire des institutions. Les renseignements donnés par Grégorovius au sujet des anciens statuts sont rares, insuffisants, parfois même contradictoires. C'est donc avec un vif sentiment de curiosité et de satisfaction que nous avons accueilli l'étude qu'un savant magistrat sicilien, M. Vito la Mantia, a récemment consacrée à ce point si curieux et si important de l'histoire du droit.

Rome, déchue du rang suprême et réduite à l'état de municipe, a revêtu pendant le moyen âge des formes politiques analogues à celles des autres villes de la Péninsule. Peut-être même la lutte des factions y a-t-elle éclaté avec plus de violence et les révolutions domestiques y ont-elles été plus fréquentes que dans le reste de l'Italie. Le XIIIe siècle en particulier doit être signalé comme une période d'agitations et de désordres. La tyrannie des nobles, le despotisme de la plèbe, la domination temporelle des papes se succédaient avec une rapidité fiévreuse, et chacun de ces mouvements entraînait un remaniement presque complet des institutions administratives et judiciaires. La société civile était profondément troublée par ces alternatives de dictature et d'anarchie, mais au milieu même des convulsions politiques elle continuait de subir, d'une façon presque régulière, le travail de transformation intérieure commencé depuis la chute de l'Empire. Des lois, des édits, des ordonnances, des arrêtés de police, désignés sous le titre générique de *Statuts,* et procédant selon les circonstances de la volonté populaire ou de la simple initiative des chefs du gouvernement, consacraient ces incessantes variations du droit public et privé. On connaît quelques-uns de ces statuts, dont la correspondance des papes nous a révélé les dispositions. Je citerai comme exemples celui du sénateur Carosomi, qui avait pour objet d'intervertir dans certains procès les rôles du demandeur et du défendeur, et dont Innocent III contestait la légalité parce qu'il le jugeait contraire au droit commun ; celui du sénateur Annibaldo contre les hérétiques ; celui du seigneur Richard de Forte-Bracchio contre les attaques nocturnes. Nul doute que, si les érudits et les jurisconsultes s'appliquaient à rechercher les monuments de ce genre, on n'en découvrît bientôt un plus grand nombre.

A quelle époque ces statuts isolés ont-ils été pour la première fois réunis et codifiés ? Il est difficile, dans l'état de nos connaissances, de répondre à cette question. Toutefois une découverte récente de M. Bertolotti, directeur de l'*Archivio di Stato,* a permis à M. Vito la Mantia de dé-

terminer certains faits, qu'on peut désormais considérer
comme acquis à la science, et qui devront former le point
de départ de toute recherche ultérieure. Cette découverte
consiste en deux feuillets de parchemin, qui servaient de
couverture à un vieux registre de comptes, et dans les-
quels M. Bertolotti a reconnu des fragments d'une ancienne collection de *Statuts*. Le premier feuillet contient
les sept derniers chapitres du livre Ier et se termine par
ces mots : *Explicit liber primus, incipit secundus.* Le second
feuillet, qui n'est pas la suite immédiate du premier, comprend huit chapitres du livre II. L'écriture, d'ailleurs très-
nette, appartient aux dernières années du XIIIe siècle. De
l'existence et du contenu de ces fragments, M. Vito la
Mantia a naturellement conclu qu'on possédait à Rome,
dès la fin du XIIIe siècle, un recueil de statuts rangés par
ordre de matières, et que ce recueil était divisé en plusieurs livres. Mais il ne s'en est pas tenu là, et d'après
certains indices il a cru pouvoir affirmer que le recueil
en question n'était lui-même qu'un remaniement de compilations antérieures, dont la trace se serait perdue. Il
est vrai que plusieurs des chapitres compris dans les feuillets découverts par M. Bertolotti offrent un texte presque
identique à celui des éditions des XVe et XVIe siècles, et
que leur rédaction témoigne d'une maturité qu'il semble
bien difficile de concilier avec l'idée d'un travail primitif.
Il est également vrai que Vitale parle d'un manuscrit des
statuts qui portait la date de 1246 ; mais il ne donne aucun détail à l'appui de cette assertion et n'indique même
pas le dépôt où le volume se trouvait. L'affirmation de
M. Vito la Mantia ne me semble donc avoir que la valeur

d'une conjecture, qui aurait besoin d'être confirmée par de nouvelles découvertes.

Ce fut surtout au XIV° siècle que Rome mérita ce titre de *veuve* et de *grande délaissée,* que lui donne le poète. L'absence des papes réfugiés à Avignon la livrait sans défense aux entreprises des nobles et de la faction populaire. Le roi de Sicile y exerça d'abord l'autorité au nom du souverain pontife. Henri de Luxembourg et Louis de Bavière, appelés par le parti gibelin, s'en emparèrent à leur tour et s'y firent successivement couronner empereurs. Puis vinrent les séditions plébéiennes, les tribunats de Rienzi, de Cerroni, de Baroncelli, alternant avec les réactions aristocratiques des Orsini, des Savelli, des Colonna. La ville était pleine de gens armés, qui pillaient les habitants, déshonoraient les femmes, dépouillaient les églises et rançonnaient les pèlerins. Les anciens monuments de la République et de l'Empire, les temples, les théâtres, les cirques, les thermes, les arcs de triomphe, les tombeaux, le Capitole lui-même, devenu le siège de l'administration municipale, avaient été convertis en lieux de défense ; c'était dans ces tristes restes de la grandeur romaine que vivaient retranchées, comme dans de véritables forteresses, les bandes de mercenaires aux gages des grandes familles, et chaque jour les partis se livraient des combats acharnés pour leur possession. Des troupes de brigands infestaient les routes et trouvaient un refuge assuré dans les châteaux de la campagne. Au milieu de cette sanglante anarchie, la famine se faisait cruellement sentir, et deux fois depuis le commencement du siècle la peste y avait joint ses ravages.

Cependant chacun de ces tyrans éphémères, qui sous les titres de *sénateur, vicaire, tribun* ou *libérateur,* réussissaient à conserver pendant quelques mois le gouvernement de la cité, s'empressait de signaler son passage par la promulgation de quelques nouveaux statuts. On a gardé le souvenir de ceux qui furent soumis par Rienzi à la sanction du peuple. Ils sont marqués au coin de cet absolutisme pour lequel les foules se passionnent si facilement quand c'est en leur nom qu'il s'exerce. Tout homicide devait être puni de mort, quelles que pussent être d'ailleurs les circonstances ou les excuses ; tout accusateur, qui ne parvenait pas à faire la preuve des faits articulés, devait subir la peine qu'aurait encourue l'accusé ; tout procès, sans égard à l'importance de la cause, devait être instruit et jugé dans le délai de quinzaine. Hâtons-nous d'ajouter que l'ensemble de la législation romaine pendant le cours du XIVᵉ siècle n'offre pas ce même caractère de rigueur. Les mesures édictées par Rienzi s'expliquent par la profondeur du mal auquel il prétendait porter remède, et probablement aussi par la résistance qu'éprouvaient ses projets de réforme. Mais à côté des lois de circonstance, qui durent être fréquentes dans une période aussi troublée, il s'en rencontre d'autres qui ont un but exclusivement civil et visent les intérêts permanents de la population. Quelques-unes de celles qui furent proposées par Cerroni et par Baroncelli, élevés au pouvoir comme Rienzi par le flot des passions populaires, ont mérité de trouver place dans les compilations des âges suivants. Le droit de la cité se transformait donc insensiblement, et plus le nombre des statuts particuliers s'augmentait, plus l'insuffisance du recueil formé à la fin du siècle précédent devenait manifeste. Ce recueil avait cessé de répondre aux besoins du temps ; une révision générale était nécessaire. Elle fut entreprise et accomplie dans la seconde moitié du XIVe siècle.

L'existence de cette nouvelle compilation, ou pour mieux dire de cette nouvelle *édition* des statuts romains, n'était pas complètement inconnue. Marini, Vitale, Renazzi en ont inséré quelques fragments dans leurs ouvrages, mais en se contentant de signaler la présence du manuscrit aux archives secrètes du Vatican, et sans entrer dans aucun détail sur son origine et son contenu. Aussi tout ce qui touche à la composition, à la date, aux auteurs, au caractère général du recueil, était-il jusqu'ici demeuré très-obscur, à tel point que Grégorovius a cru pouvoir en attribuer la rédaction au cardinal Albornoz. C'est à M. Vito la Mantia que nous devons de posséder sur ces différents points des notions plus étendues et plus précises. Grâce aux indications fournies par le savant magistrat, le manuscrit a été facilement trouvé dans le dépôt des archives pontificales. Le cardinal secrétaire d'État en a autorisé la communication, mais pour un délai de *trois heures* seulement. M. la Mantia l'a eu à sa disposition le 18 septembre 1877 de onze heures à midi et le lendemain de dix heures à midi. Une déclaration signée de lui, probablement pour la sauvegarde des employés, constate que la limite de temps imposée par le cardinal a été sévèrement observée.

Le premier soin de M. la Mantia devait être de vérifier l'identité du manuscrit qui lui était communiqué avec celui dont Marini, Vitale et Renazzi avaient fait usage. A cet égard, sa démonstration ne laisse rien à désirer. Non-seulement il a reconnu aux pages indiquées par ces savants diplomatistes les fragments qu'ils avaient extraits, mais encore il a rencontré sur le dernier feuillet une petite notice bibliographique, que Renazzi avait reproduite en entier, et qui est ainsi conçue : *Expliciunt statuta urbis et romani populi, propria nobilis ac egregii viri domini Petri Melini, civis civitatis Rome, [anno] MCCCCXXXVIII, die tertio mensis Junii, hora tertiarum. Et finitus per me Bernardum de Venturinis de Papia ad honorem Dei omnipotentis.* Il n'y a donc aucun doute possible. Le manuscrit que possèdent les archives du Vatican est bien celui que Pierre Mellini avait fait copier pour son usage et qu'avaient consulté les trois savants que je viens de nommer. J'ajoute que c'est à ma connaissance le seul qui renferme la collection dont il s'agit. M. Vito la Mantia fournit sur son état matériel les renseignements les plus circonstanciés. De format in-4° et mesurant 28 centimètres de haut sur 21 de large, le précieux *Codex* se compose de 105 feuillets de parchemin, dont quelques-uns sont palimpsestes. Il est écrit sur une seule colonne à raison de 34 lignes par page. Les rubriques sont tracées à l'encre rouge, mais les initiales peintes, qui devaient être placées au commencement de chaque statut, font défaut. On remarque des annotations sur les marges et quelques corrections dans les interlignes. La reliure en vélin est relativement moderne. Les mots *Petri Melini statuta urbis,* qu'on lit sur le dos en forme de titre, et qui semblent attribuer à Pierre Mellini la composition du recueil, attestent l'ignorance du relieur.

De la description extérieure du volume M. la Mantia

passe à l'examen de la collection qu'il renferme. Elle est divisée en trois livres, dont le premier se trouve seul précédé d'une table de rubriques. Ce premier livre est particulièrement consacré aux matières de droit civil et comprend 162 chapitres ou statuts. Le second livre est consacré au droit criminel et comprend 276 statuts. Le troisième livre porte pour titre : *De electione, juramento et officio senatoris, judicum et aliorum officialium, et de aliis extraordinariis;* il comprend 188 statuts. Les deux questions les plus difficiles à résoudre étaient évidemment celles qui touchent à la date et aux auteurs de la compilation. Le manuscrit ne contient aucune indication chronologique, car il n'est pas besoin d'une longue réflexion pour reconnaître que la date de 1438, fournie par la petite notice bibliographique que j'ai reproduite, se réfère uniquement à la transcription du *Codex* et nullement à la composition du recueil. Le meilleur moyen de suppléer à ce silence était de chercher et de relever dans les 626 statuts dont il se compose toutes les mentions d'hommes, de lieux, d'évènements, en un mot toutes les particularités que les rédacteurs ont pu laisser subsister. M. Vito la Mantia s'est acquitté de cette tâche aussi consciencieusement que lui permettaient les *trois heures* dont il pouvait disposer. Grâce aux notes qu'il a réunies, nous savons qu'on lit dans le manuscrit du Vatican le nom de Simon de Sangro, qui exerça l'autorité sénatoriale en 1333 comme vicaire du roi de Naples; celui de Cerroni, qu'une révolution populaire investit en 1352 du gouvernement de la république ; celui de Baroncelli, qui s'improvisa tribun l'année suivante. Nous savons également qu'on y trouve la mention de *nou-*

veaux statuts promulgués en 1363 et celle de la révolte de Velletri, qui ne fut apaisée qu'en 1364. Ces indications ne sont pas d'ailleurs les seules que M. la Mantia ait recueillies dans son rapide examen. Le prologue qu'on lit en tête de la compilation lui a fourni les noms des commissaires ou réformateurs chargés de sa rédaction. Ils sont tous qualifiés *docteurs ès lois* ou *notaires régionaires*. Peut-être des recherches approfondies dans les archives de l'État, de la municipalité et surtout du Vatican, dans les chartriers des églises et dans les anciens registres des notaires, permettraient-elles de découvrir l'époque précise où ce travail leur fut confié. Mais, dans l'état actuel des dépôts publics de Rome, les recherches de cette nature ne sont pas possibles, ou du moins elles ne sauraient être complètes. M. la Mantia a dû se borner à reproduire les renseignements donnés par Marini et Renazzi sur deux des réformateurs nommés dans le prologue, François de Casal et Nicolas Porcari. Le premier apparaît en 1369 comme délégué par le cardinal camerlingue pour la réception d'un docteur étranger; le second intervient en 1376 dans une concession de privilèges faite au nom de la cité.

De tout ce qui précède il résulte que le recueil en question ne saurait être antérieur à l'année 1364 et qu'il pourrait à la rigueur n'avoir été composé qu'en 1376; mais il paraît bien difficile de lui attribuer une date plus récente. C'est en effet au mois de janvier 1377 que le pape Grégoire XI se décida à quitter Avignon et à rentrer en Italie. Le rétablissement du Saint-Siège dans la ville de Rome eut pour conséquence naturelle de modifier la forme des actes publics. On y inséra dès lors la mention du consentement donné par le pontife ou tout au moins quelque témoignage de respect et de soumission envers son autorité. Or, rien de semblable n'apparaît dans la rédaction que nous a conservée le manuscrit du Vatican. On y voit le gouvernement municipal en possession d'une indépendance complète ; tous les commissaires chargés de la rédaction des statuts sont laïques, et c'est aux seuls magistrats de la cité qu'est réservé le droit de les promulguer, de les réformer ou de les abroger.

Il ne faudrait pas croire cependant que durant le long exil de la papauté les habitants de Rome aient nourri contre le Saint-Siège des sentiments de haine et d'hostilité. Ils ne contestaient ni son autorité spirituelle, ni même, dans une certaine mesure, sa suprématie politique. Les statuts dont nous nous occupons témoignent de leur ferveur religieuse. On y lit dès le début une profession de foi catholique, et plus loin des pénalités sévères contre les hérétiques et les blasphémateurs. Nous savons d'un autre côté que, du fond de leur retraite, les papes n'avaient jamais cessé d'intervenir dans les affaires de la ville, et qu'à plusieurs reprises, sous Innocent VI et sous Urbain V, le peuple leur avait conféré directement la dignité de sénateur, avec faculté de se faire représenter par un vicaire. Mais ce qui soulevait les colères de cette population turbulente, ce qui la jetait dans les aventures et les conflits sanglants dont le XIVᵉ siècle est rempli, c'était l'orgueil et l'ambition de la noblesse, dont les principales familles cherchaient à s'emparer du gouvernement et ne craignaient pas, pour s'y maintenir, de prendre à leur solde les bandits de la campagne ; ce qui entretenait dans les esprits cette agitation qui dégénérait si fréquemment en rébellions armées, c'était l'attachement passionné de la bourgeoisie pour les franchises communales et la crainte qu'elles ne fussent menacées par les légats. Les habitants de Rome ne considéraient donc pas le souverain pontife comme un ennemi; ils reconnaissaient même assez volontiers sa suzeraineté, mais ils entendaient rester maîtres absolus de l'administration intérieure de la cité, de l'élection des magistrats, de la constitution des tribunaux, de l'exécution des jugements civils et criminels. C'est là ce qu'ils nommaient la *république* ou le *bon gouvernement*. Les nobles et les clercs en étaient exclus, et toute ingérence de leur part était sévèrement réprimée. Les statuts contenaient même à leur égard des dispositions singulièrement rigoureuses. Tout clerc qui plaidait contre un laïque était tenu de fournir la double caution d'ester en justice et d'acquitter le montant des condamnations. Quant aux nobles, ils étaient frappés pour le même fait de peines supérieures à celles qu'eussent encourues les autres citoyens.

Les papes d'Avignon s'étaient associés de loin à cette lutte des classes plébéiennes contre la noblesse. Les premiers successeurs de Grégoire XI, imitant leur exemple, témoignèrent un certain respect pour les anciennes libertés de la commune. Aucune modification importante ne fut introduite dans la forme extérieure du gouvernement. Le sénateur ainsi que les autres dignitaires municipaux conservèrent leurs prérogatives, et pendant plus d'un demi-siècle la collection des statuts contenue dans le manuscrit du Vatican demeura la base du droit public et

privé des habitants de Rome. On s'expliquerait en effet
difficilement, si le fonds de cette collection eût été abrogé
ou fût tombé en désuétude, que Pierre Mellini, qui était
secrétaire perpétuel du peuple et du sénat romain, en eût fait
en 1438 exécuter une copie pour son usage. Mais il ne
faut pas se dissimuler que le rétablissement du Saint-
Siège dans la ville éternelle constituait une véritable révolution, dont les institutions politiques et civiles devaient
tôt ou tard ressentir les effets. Le souverain pontife
n'avait exercé jusqu'alors qu'une sorte de suzeraineté
vague et mal définie. Les habitants de Rome, vaincus par
leur propre impuissance et dégoûtés de la liberté par
l'anarchie, se résignèrent à lui conférer un pouvoir effec-
tif et presque absolu. Ce fut à lui qu'appartint désormais
le droit de modifier les statuts. La curie romaine en fit
usage pour effacer peu à peu les traces de l'ancienne indépendance communale, en même temps qu'elle abrogeait
tout ce qui lui paraissait contraire aux *libertés ecclésiastiques.* Le nombre des édits ou règlements publiés par le
collège des notaires devint bientôt si considérable qu'on
sentit le besoin de les réunir et de les codifier. La compilation rédigée dans le cours du siècle précédent avait
d'ailleurs cessé d'être en harmonie avec la forme nouvelle
du gouvernement. Un ordre de Paul II, daté du 30 septembre 1469, en prescrivit la refonte et chargea de ce soin
une commission d'évêques, de prélats et de jurisconsultes.
Au nombre des commissaires figurait Jean Mellini, évêque
d'Urbin, frère de l'ancien secrétaire du peuple et du sénat.
Après un long examen et de nombreuses conférences, le
travail fut soumis à la sanction du nouveau pontife, qui

ordonna sa mise en vigueur dans le délai de dix jours et défendit d'alléguer à l'avenir aucun recueil antérieur.

M. Vito la Mantia signale deux manuscrits de cette nouvelle édition des statuts, l'un sur vélin aux archives du Capitole, l'autre sur papier à la bibliothèque Ottobonienne. Il serait assurément très-curieux d'en comparer le texte avec celui du manuscrit du Vatican. On suivrait ainsi la trace des changements opérés depuis la restauration de l'autorité pontificale, et on arriverait à se rendre un compte exact de ce qu'était l'organisation politique de Rome pendant la période républicaine. Malheureusement M. la Mantia ne possédait d'autre élément de comparaison que les quelques notes qu'il avait prises au Vatican pendant les *trois heures* accordées par le cardinal secrétaire d'État; ce n'était pas suffisant pour établir une collation sérieuse et complète. Le savant magistrat a pu seulement constater que la compilation de 1469, divisée comme la précédente en trois livres, lui avait emprunté un grand nombre de chapitres, mais que l'ordre des matières avait subi de nombreux changements, et que tout en respectant le fonds, les commissaires de Paul II avaient largement usé du droit octroyé par le pontife de modifier, d'ajouter et de retrancher.

La promulgation de ce nouveau recueil se trouvait coïncider avec l'introduction de l'imprimerie dans la Péninsule. C'était en effet vers 1465 que deux ouvriers allemands, Conrad Sweinheim et Arnold Pannartz, appelés par les religieux de Subiaco, étaient venus fonder dans cet illustre monastère le premier établissement typographique qu'ait possédé l'Italie. Depuis 1467, ils avaient transporté leurs presses dans la ville de Rome, et la même année un de leurs compatriotes, Ulric Hahn, originaire d'Ingolstadt, s'était installé en face d'eux. Grâce à la rivalité des deux ateliers, la nouvelle industrie avait fait de rapides progrès. L'activité des concurrents s'était d'abord portée sur les monuments de l'antiquité classique et sur les écrits des Pères de l'Église. Les œuvres de Cicéron, de César, de Virgile, de Tite-Live, de Lucain, de Suétone, figurent au nombre de leurs premières productions à côté de celles de saint Augustin, de saint Jérôme, de saint Cyprien, du pape saint Léon et de saint Thomas d'Aquin. Mais bientôt la médecine et le droit eurent leur tour. Ulric Hahn, qui avait déjà publié en 1468 un petit traité relatif à la guérison des bubons pestilentiels, se décida trois ans plus tard à donner une édition des statuts de Paul II. Le volume ne porte, il est vrai, aucune indication d'année, de lieu ni d'imprimeur ; mais les bibliographes les plus compétents l'attribuent sans hésitation à Ulric Hahn et le datent de 1471 à cause de l'identité des caractères avec ceux du Tite-Live et du Justin sortis cette même année de son atelier. C'est un des monuments les plus importants et les plus précieux du premier âge de la typographie italienne. Les exemplaires en sont d'une insigne rareté. Audiffredi en avait connu deux, l'un aux archives du Capitole, l'autre en la possession d'un prélat romain, Honoré Gaëtani ; Panzer en a signalé un troisième à la bibliothèque de Nuremberg ; M. Vito la Mantia nous révèle l'existence d'un quatrième chez les dominicains de la Minerve ; j'en ai moi-même, grâce aux bons offices de notre savant confrère M. Léopold Delisle, rencontré un cinquième dans la réserve de notre grande Bibliothèque nationale.

En se chargeant de la publication des statuts, Ulric Hahn avait évidemment espéré que l'entreprise serait fructueuse. L'évènement trompa son attente. On conserve en effet aux archives du Vatican la minute d'un édit en date du 7 juin 1474, par lequel le cardinal camerlingue informait le sénateur qu'il restait encore en magasin un grand nombre d'exemplaires, et mandait à chacun des avocats ou notaires attachés à la juridiction du Capitole d'avoir à s'en procurer un dans le délai de huit jours, sous peine d'une amende de vingt ducats. Grâce à cette mesure, l'édition finit par s'écouler, et cinquante ans plus tard le pape Adrien VI se plaignait que le volume fût devenu très-rare. Il attribuait même à cette rareté les fréquentes erreurs commises dans l'interprétation du texte. En conséquence, il en ordonnait la révision, et confiait le soin de ce travail à deux docteurs consistoriaux, Paul Planca et Salomon Albertysco. La nouvelle compilation fut publiée en 1523. Elle devint à son tour l'objet d'une refonte presque totale, en 1580, sous le pontificat de Grégoire XIII.

C'est le dernier fait qui mérite d'être signalé dans l'histoire des statuts de la ville de Rome. Le caractère des institutions politiques et civiles de l'ancienne capitale du monde était désormais fixé, et la forme même n'a éprouvé que des changements insignifiants jusqu'à l'époque des guerres de la Révolution. L'énumération des diverses éditions des statuts publiées depuis 1580 n'offrirait plus qu'un intérêt bibliographique. Je m'arrête donc ici, en

avouant que, malgré les renseignements fournis par M. Vito
la Mantia et malgré les efforts que j'ai faits pour les
compléter, l'esquisse que je viens de tracer offre de nombreuses lacunes. Mais la plus grave d'entre elles ne pourra
être comblée que le jour où le Vatican ouvrira ses portes
et permettra d'étudier à loisir le manuscrit de Pierre
Mellini. Espérons, pour l'honneur du Saint-Siège et pour
le profit de la science, que ce jour n'est pas éloigné !

Paris. — Typographie de Firmin-Didot et Cie, impr. de l'Institut, rue Jacob, 56. — 7453

www.ingramcontent.com/pod-product-compliance
Lightning Source LLC
LaVergne TN
LVHW051340200726
843510LV00002B/735